1446

酒井 駒《ごま》

文芸社

もくじ

『詰むや詰まざるや（続編）』

四桂詰

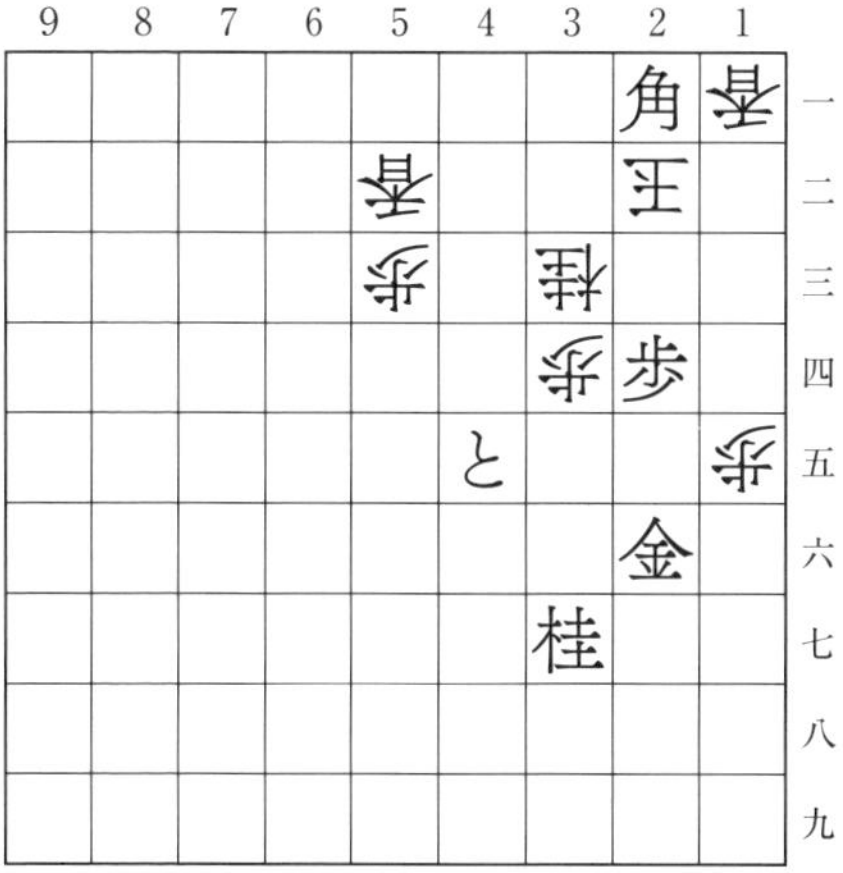

持駒　金桂桂歩

２三歩成　同玉
３五桂打　２二玉
２三歩打　１三玉
２四金打　同玉
３四と　　同玉
４三角成　２四玉
３六桂打　１三玉
１四歩打　同玉
２五金　　同桂
同馬　　　１三玉
１四馬　　同玉
２六桂打　１三玉
２五桂　　１二玉
２四桂　　２一玉
２二歩成　同玉
３四桂　　２一玉
３三桂　　３一玉
２三桂

まで　35手詰

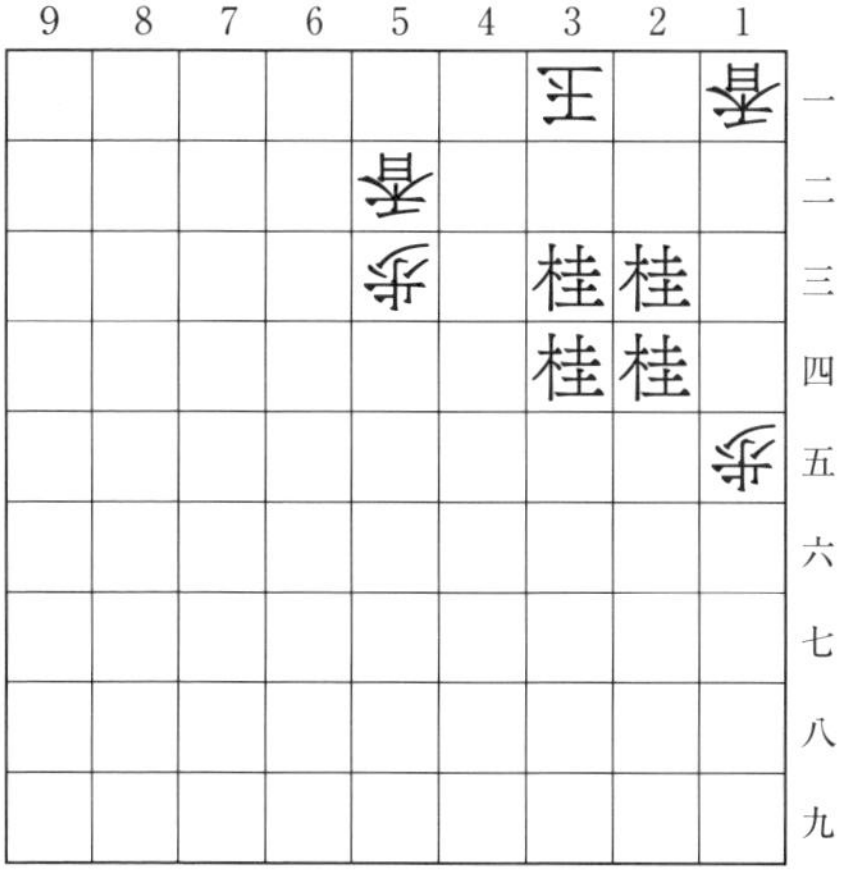

詰上図

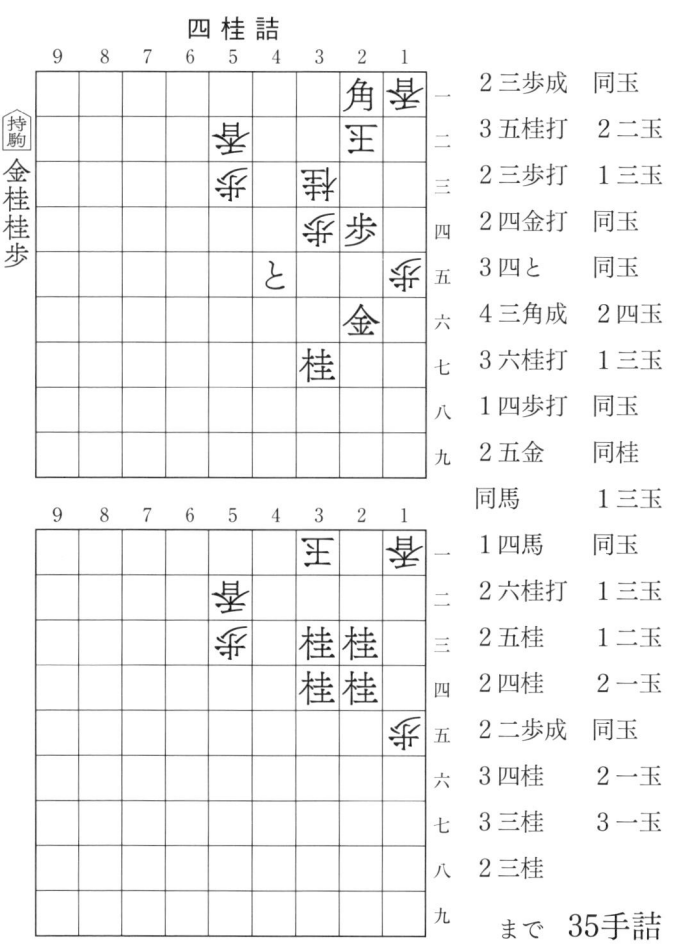

第一章　ユリとヒマワリ

天野《あまの》歩《あゆむ》は待ち合わせのコンビニに着き、雑誌コーナーで詰将棋の本を手に取った。

コンビニで『詰むや詰まざるや（続編）』を置いているなんて珍しいと思いながら、パラパラとページをめくった。

江戸時代の将棋の三大家元の一つ、伊藤家の天才棋士、伊藤宗看《そうかん》・看寿《かんじゅ》兄弟の、詰将棋の解説本である。

「おっ、これが有名な『死刑の宣告』かあ」

四枚の桂馬に死刑を宣告された王様という、衝撃的な詰め上がり図が将棋好きにはたまらない、詰将棋の名作だ。

歩は将棋が好きだった。歩という名前は、将棋好きの祖父がつけてくれたと聞いている。歩は熱しやすく、冷めやすい性格だったが、将棋だけは、覚えて三十年以上経った四十二歳になる今でも大好きだった。

バブルが弾け、新卒で入社した地元ディスプレイ会社をリストラされたあとは、派遣会社を転々とし、ここ数年はフリーターをしていた。

現在、昼はアパートのある街中から、車で一時間弱、隣町の港地区にある倉庫街の外れの発掘現場でアルバイトをしていた。

夜は、そこからほど近い、港に面した大きな公園の中心に建つK百貨店で、繁忙期だけ、ウインドウディスプレイの制作を手伝っていた。

「天野さん、待った?」

振り向くと満面の笑みで、恋人の英《はなぶさ》百合《ゆり》が立っていた。ブルージーンズにG

ジャン、白のショートブーツ。栗色に染めた髪が美しい。いつもながら可愛い。そして若い。とても一つ年上なんて思えない。

百合はフリーのコーディネーターで、主に商業施設のウインドウディスプレイを手掛けている。K百貨店をメインに、いくつものクライアントを抱えていた。

いざ仕事となると、華奢《きゃしゃ》な体つきからは想像もできないバイタリティーを発揮し、相手が誰であろうと、とことんやり合う。

社員のデザインに応じ、マネキンの種類、服装、小物、グリーンなどなど、何百という商品の中から最適のアイテムをセレクトし、セッティングするのが仕事なのだが、時にはデザインそのものにまで口を出してしまう。

歩はいつもハラハラしながら、傍《かたわ》らで、そんな百合を見守っていた。

「今日は一段と若いねぇ」

「あら、それってイヤミ？」

そう言いながらも百合の頬《ほお》は弛《ゆる》んでいた。

「お疲れさま。今日はちょっと遅かったね」

「ごめん。山さんが珍しく、しつこくって」

山さんこと山村は、K百貨店、販売促進部装飾課の課長で、季節ごとの各種イベントに合わせて切り替える店内全ての装飾、ウインドウディスプレイなどを取り仕切っていた。百合とは十年以上の仕事の付き合いらしい。山村は理屈っぽく、百合とのバトルは装飾課の中では有名だったが、結局最後は山村が折れることが多かった。

もしかすると山村は、打ち合わせの中身より、百合との議論そのものが好きなんじゃなかろうか？

歩はたまに、二人のやりとりが羨《うらや》ましいと思うことがあった。

「山さんのしつこさは、いつものことでしょ」

「最近はそうでもなかったのよ」

「昨日、奥さんとやっちゃったのかも」

「ケンカするほど仲がいいって言うからね。私もしてみたいなぁ」

「いつも仕事で、やり合ってるじゃない」

「違うの。家の中でもしてみたいの」

雲行きが怪しくなってきたのを感じ、歩は強引に話題を変えた。

「ホルモンとヤキトリ、どっちがいい？」

「ごめん。お腹空いちゃったね。もうこんな時間かぁ」

オフホワイトの腕時計を覗《のぞ》き込みながら、百合が微笑んだ。

三月九日、二十一時を少し回っていた。

五、六分歩いて、二人は最近オープンした「モーちゃん」という、昭和レトロを売りにしているらしいホルモン専門店に着いた。
「予約なしで大丈夫かなぁ」

「この時刻だし、二人だけだから心配ないよ」

そう応じて、黒っぽい格子の引き戸を開くと、店内に流れていた新沼謙治の『嫁に来ないか』が、百合の気持ちの雲行きを気にする歩の不意を突いた。

百合は知ってか知らずか、何やら鼻歌を口ずさんでいた。


「お二人ですか？」

黒いTシャツに黒いパンツ、頭に赤いバンダナを巻いた若い店員が出迎えた。

「ハイ、そうです」

「カウンター席でもよろしいですか？」

「できればボックス席がいいのですが」

「喫煙席ならご用意できますが」

「それじゃあカウンター席でいいです」

「かしこまりました」

入り口から丸見えのカウンター席に案内された。隣には、若い土木作業員風の男が二人陣取り、すでにだいぶ出来上がっていた。

「この時間でもこんなに混んでるんだ」

百合は、ボックス席でゆったり話がしたかったらしい。口を尖《とが》らせる横顔もなかなかいいなとニヤついたところを店員に見られてしまい、歩は日焼けした頬を赤らめた。

「とりあえず生でいい？」

「待って。ここはどこのビールかしら」

「ウーン。あっ、A社のポスター貼ってあるからAビールじゃない？」

カウンター席の上部の下がり壁には一面に、昭和を感じさせるレトロなポスターが貼ってあった。

店内を見回すと、壁も天井も、柱も床板も、全てがススを塗り込んだような黒っぽい色調でまとめられていた。

壁面には、昭和を彩った歌手や俳優のポスターが、ところ狭しと貼りつけてあった。

「A社かぁ。私はK社の『ナンバーワン』が飲みたかったんだけどなぁ。ねぇ、天野さんは飲んだことある？」

「あれは美味《うま》いよね」

「まあいっか。あれっ。見て見て。そのビールのポスター」

「やったね」

ホルモンにはうるさそうだったので、注文は百合に任せた。

「コブチャンとシマチョウが一つずつ。ハツとミノは二つずつ。それからハチノスとギアラが各一。それと枝豆にグリーンサラダと……」

「すみません。もう少しだけゆっくりお願いしてもいいですか」

それまでハッとミノくらいしか聞いたことのなかった歩は、注文を終えた百合の顔を、まじまじと見つめた。

「百合さんて、ホルモンヌだったんですね」

「ウフフ」

最近は、ホルモン好きの女子のことを、そう呼ぶらしい。美肌効果と値段の安さが注目され、女子会でも人気だそうだ。

「このシマチョウ、プリプリした食感と、とろけるような脂《あぶら》の感じがたまらないわ」

百合は上機嫌だった。次々とホルモンを頬張り、ビールを喉に流し込み、山さんの悪口を肴《さかな》に大いに盛り上がった。

二人は恋人同士なのだが、それぞれ「さん」づけで呼び合っていた。歩は「百合さん」と呼び、百合は「天野さん」と呼んでいた。

歩は生まれてこのかた、女性の名前を呼び捨てにしたことがなかった。

若い恋人同士がお互い、「さん」を付けずに名前を呼び合っているのを羨ましいと思うことはある。でも、どうしても照れくさくて歩にはできなかった。

歩が思い切って「百合」と呼べば、百合も「歩」と呼んでくれるに違いない。

でも今は、そんなことは想像すらできない歩だった。


店内では、演歌、ポップスと昭和歌謡をエンドレスで流しているらしく、歩と百合が入店した時に流れていた新沼謙治の『嫁に来ないか』が再び流れ始めた。

それまで楽しく飲んでいたはずの百合に妙なスイッチが入ったのは、その直後だった。

「ねえ天野さん。あたしたちって付き合って、何年くらい経つかなあ？」

「う〜ん、五、六年になるかな」

「そんなになるんだっけ？」

本当は知ってるくせに。


あれは六年ほど前。初夏のことだった。

当時、歩はK百貨店近くにある物流倉庫で、夜間担当の入出庫のアルバイトをしていた。その倉庫は医薬品、健康ドリンクなどを扱っていたのだが、大口の取引先が業績不振に陥《おちい》り、目に見えて物量が減少していた。

その日は、定時の三時間も前に仕事が終わってしまい、歩は家路についたが濃霧になったので危険を感じ、ハザードランプを点滅させて道路脇に車を停めた。

それがK百貨店の前だった。運転席側の窓から、ぼんやり明かりが見えた。通りに面したウインドウ内で作業中の人がいた。

どのみち、霧が晴れなければ帰れない。

リストラされたとはいえ、かつてやっていた仕事で興味はある。ドアを開け、歩はゆっくりとウインドウに近づいた。

作業していたのは一人の女性だった。白いTシャツに黄色のパンツ。ポニーテールにした栗色の髪が踊っていた。

図面を見ながらマネキンを動かし、時々じっと考え込んでいる。可愛い。一目惚れしてしまった。それが百合だった。

しばらくして、歩の姿に気づいた百合が、一瞬、驚きの表情を見せたが、何を思ったかガラスの向こうで口をパクパクし始めた。何か言ってるようだったが、ワイヤー入りの厚い強化ガラスが完璧に音を封じ込めていた。

声の伝達を諦めた百合は、ウインドウ内の壁面を貼り替えたクロスの切れ端にマジックで何かを書き込み、とびきりの笑顔を添えて、歩にそのクロスを示した。

「お願い。私が行くまで、そこにいて」

自分の心臓の鼓動がハッキリと聞こえた。

百合がウインドウ裏の隠し扉をくぐっていったん店内に入り、防災センターを経て、歩の元まで来るのに五、六分はかかったろうか。

だが歩にとって、その時間は、トキメキに包まれた夢のような一瞬だった。


「ごめんなさい。見ず知らずの方なのに」

「いいえ大丈夫です。私のほうこそ、懐かしくてつい見とれちゃってました」

「もしかして、この業界のOBの方？」

「ええ、まあ、そんなところです」

「ラッキー。あら、ごめんなさい。でも、失礼ついでにお願いしたいんですけど。三十分だけ、手伝っていただけませんか？」

百合が言うには、これからウインドウの中のマネキン三体に、何パターンかの服を着せ、どのパターンがいいか見比べたいのだが、助手の女の子が急に体調を崩して途中で帰ってしまい、一人でウインドウ内と外を何度も出入りしてたら夜が明けてしまうと、困り果てていたらしかった。

とても三十分で終わるとは思えなかったが、歩は喜んで引き受けた。

「本当にありがとうございます。恩にきます」

これがきっかけで、歩は新しい職を得た。

そして恋人も。


「時が経つのは早いものだねぇ」

「ねぇ、天野さん。普通、年頃の男女が五年と九ヶ月も付き合ったら、本気で将来のこと考えたりするわよねぇ」

まずい。目が据《す》わってる。しかも、かなり正確に覚えてるじゃないか。

「年頃の男女」というくだりにはちょっとひっかかるが。

「……」

「沈黙は金、ってわけね」

「……」

「じつは待ち合わせのコンビニに着く前、大橋さんから電話があったの。今度、『初音《はつね》』で食事しませんかって」

「また、セレブ大橋か。行くつもり？」

「特に断る理由もないし」

初音は、この街一番の老舗の高級割烹だった。セレブ大橋というのは、歩がつけた仇名《あだな》で、本名は大橋宗金《おおはしそうきん》。百合の趣味、社交ダンスの教室主催のパーティーで知り合って以来、たびたび百合へ連絡をよこす、大金持ちの老人だった。

「いいんじゃない。ご馳走になってくれば」

「天野さんは、それでいいの？」

「いいも何も、オレにはどう頑張ったって、連れてってやれないような店だし。和のフルコース。お酒は大吟醸だよ、きっと」

「私はホルモンとかヤキトリとか、生ビールとかのほうが好きなの」

「……」

「何で、行くなって言ってくれないの？」

百合の気持ちは分かってるつもりだった。わざと大橋の話を持ち出し、「いい加減、肚《はら》をくくれ」と言いたいのだろう。でも悔しいが、経済力では敵う相手じゃない。それに、七十歳の老人と比較されていること自体が心外でもあった。

百合の話によると、大橋は、港地区の先祖代々の大地主だった。所有の高級高層マンションの最上階で一人暮らしをしているそうだ。一度、招かれたという住まいは、ショールームみたいに素敵で、広々としていたが、生活感がまるでなかったとか。

狭く、ごちゃごちゃしているほうがかえって落ち着くと思っている歩とは大違いだった。

借金しなくても元手があって、運がよけりゃあ、誰だって資産家になれるさ、なんて言っても、負け犬の遠吠えにしかならない。

ただ、セレブ大橋の出現があろうと、なかろうと、フリーターという立場の歩は、百合との将来のことを考える資格さえ、まだないと思っていた。

「もういい。帰る」

百合は本気で怒ってしまったようだった。

「あとは払ってね」

五千円札を広げてドンとカウンターに置き、「今日はいいよ」という歩の言葉を無視して、百合はトイレに立ってしまった。

レジで支払いを済ませ、店の外で百合を待った。小雪がちらついてきた。

「明日の打ち合わせ、遅れないでくださいね」

出てきた百合は、他人行儀にそれだけ言うと、客待ちのタクシーのドアをたたいた。

「おやすみ」

歩の声は、走り去るタクシーの音に、かき消された。

翌三月十日十三時過ぎ、歩が顔を出したK百貨店八階にある装飾課の打ち合わせルームは、ピリピリした空気に包まれていた。

「天野さん。昨日、何かあったんですか？」

アルバイトの伊藤が顔をしかめ、歩の耳元で囁《ささや》いた。

「昨日、久々に英さんと飲みに行ったんだけど、急に怒り出しちゃってさぁ」

「女心を傷つけるNGワードを発したんじゃないんですか？　とにかく何とかしてくださいよ。ハッキリ言って迷惑です」

平気でズケズケとものを言う後輩だった。入って、それほど間がないのだが、仕事はそつなくこなし、山村課長のウケもいい。理論家で、体より、頭と口を働かすタイプで、歩には苦手な若者だった。

百合と山村が激しくやり合っていた。新年度に向け、正面玄関を入ってすぐのメインステージのディスプレイをどうするか決めるための打ち合わせだった。

普段なら、歩は現場の制作だけ手伝い、企画・デザインにはノータッチなのだが、今回は年度替わりで、全館装飾の切り替えに連動したディスプレイ替えということで、例外的に参加を求められていたのだ。

もっともこれは例年のことで、歩は顔を出しても、これまで意見を求められたことはなかった。歩の口下手に気を遣《つか》ってくれていたのだろう。

「天野さんはどう思いますか?」

百合の言葉に不意を突かれた。

「……」

「どうしたんですか?　まさか、何も考えてなかったなんて言いませんよね」

いつかの濃霧のように、頭の中が真っ白になった。しどろもどろになり、何をしゃべったのか全く覚えてない。

百合はもちろん、山村、バイトの伊藤、装飾課以外の社員にさえ、白い目で見られているような気になった。

結局、企画打ち合わせは何も決まらず、明後日、再打ち合わせすることになった。


その日の帰りも濃霧に悩まされた。先の見えない自分のようで、あの日のようなウインドウの明かりを、切に願う歩だった。

十六時にはアパートに着いてしまった。

飲みに行くには早過ぎる。だが、部屋にいても落ち込むばかりだ。とにかく出かけよう。

歩は駅の東口へ向かった。

昔は駅裏と言われていたが、最近では新しいビルが建ち並び、見違えるようになった東口。そこからやや外れの雑居ビルの二階に、お目当ての場所があった。

「向日葵倶楽部《ひまわりくらぶ》」。

今年の初めにオープンしたばかりの将棋道場である。年中無休で、十一時から二十二時までの営業で、一般が七〇〇円。女性と子供なら五〇〇円。十七時以後には、一般でも五〇〇円で将棋が楽しめる。

パソコンソフトが進歩し、プロ棋士がコンピューターに負かされるような時代になった。インターネットでも将棋が楽しめてしまう。

だが、日本の将棋人口が一五〇〇万人と言われていたのはもう昔の話で、今では数百万人。地方での将棋道場は成り立たないというのが常識だ。

しかし、温もりのある木の駒を手にして、顔のある相手と将棋を楽しんでもらいたいから敢えてオープンさせたという席主の心意気に感激した歩は、当初からの常連客になっていた。

大きな将棋の駒を模した、黄色い看板を貼りつけた鉄扉を開けると、長机に置いた一寸盤を挟んで、席主の代々木が常連の上原と、矢倉戦（将棋の戦法の一種）の最中だった。

「おっ天野君。ちょうどよかった。教えてあげてよ」

代々木の隣に腰かけて観戦していた、初めて見る女性が微笑んだ。

「はじめまして。伊藤《いとう》葵《あおい》と申します。どうぞよろしくお願いします」

今どきの若い女性には珍しい、長い黒髪。白いセーターにグリーンのジーンズ。白いスニーカーを履いていた。大きな黒目がちな瞳が、まっすぐ歩を見つめた。

可愛い。いや、可憐《かれん》と言ったほうがいい。

濃霧の中のウインドウの明かりだった。


「うちで一番弱い師範代」

いつもの代々木の冗談なのだが、上手い返しが浮かばない。

「天野です。よろしくお願いいたします」

「天野君。何そんなに緊張してんのよ。大丈夫。彼女、初段らしいから普通に指していいんだよ。一条寺学園将棋部だっていうから、逆に教わることになるかもね」

それを聞いて、歩は少し落ち着いた。教えるとなると妙に緊張するものだ。

一条寺学園は、K百貨店近くにある私立の女子校で、幼稚園から大学院まである、いわゆるお嬢様学校だ。

葵は、そこの大学の二年生だった。

歩と葵、二人の棋力は、ほぼ互角だった。

十八時を回り、常連客が集まってきた。倶楽部では珍しい若い女性が指しているものだから、注目の的だった。みんな彼女と指したがったが、実力伯仲の二人は完全に本気モード。もう一局、もう一局と、雌雄《しゆう》を決するまでは止められないとばかりに真剣勝負を繰り広げた。

結局、二勝二敗になったところで閉店時刻をややオーバーしてしまった。

いつの間にか、二人と席主の代々木以外は皆帰ってしまっていた。

「天野君、駅まで送ってあげてよ」

「分かりました」

「伊藤さん、また来てね」

「はい、ぜひまた。遅くなってしまってすみませんでした」

会ったばかりだったが、将棋を通して心が通じ合ったような気になった歩は、思い切って、お茶に誘ってみた。

思いがけずOKしてくれた葵と、駅前のファミリーレストランに入った。

店内は若者であふれていた。なぜ、こんなおっさんが、という羨望《せんぼう》の眼差《まなざ》しを感じながら一番奥の席についた。

ドリンクバーを注文し、歩はコーヒーを、葵は紅茶を取ってきたが、二人とも
ほとんど口をつけることなく話し始めた。

「伊藤さん、ホント強いですね」

「そんなことないです」

「誰に教わったんですか」

「祖父です」

「おじいちゃん子だったんですね」

「じつは、わけあって、小さい頃から祖父の家に預けられて育ちました。両親は、
父の仕事の都合で、インドで暮らしてます」

「苦労してるんですね」

「そんなことないです。祖父にはとてもよくしてもらいましたから。大学入学を
機に、一人暮らしを始めました。向日葵倶楽部のことは、だいぶ前からネットで

チェックしてたんですが、将棋道場って男の人ばかりだろうと思うと、なんとなく気が引けてしまって、今まで来られなかったんです。でも今日、思い切って来てみてよかったです。タイミングよく、天野さんにお会いできてラッキーでした」

「こちらこそ。じいさまの相手ばかりじゃ、いい加減疲れますからね」

「ウフフ」

「伊藤さんが来てくれるんだったら毎日でも来るんですけど」

「本当ですか」

二人は時間を忘れて語り続けた。

第二章　西部戦線異常アリ

葵と二勝二敗の真剣勝負を繰り広げた日に先立つこと約一週間前の三月初旬、K百貨店にほど近い、倉庫街の外れにある発掘現場で、歩は汗を流していた。

その数ヶ月前、地下鉄T線の工事に伴い、この近辺を掘削していたところ、珍しい将棋駒が出土したという。

それを聞きつけた元の地権者が大の将棋好きで、昔の将棋駒の蒐集家《しゅうしゅうか》でもあり、市に数億円もの寄付と引き換えに発掘調査を依頼したらしい。

将棋駒と、その駒を造った工房、道具など、どんな遺物、遺跡でも記録・収集したいという。特に将棋駒に対する執着は凄まじいものがあった。

その地権者というのが、百合を見染めたセレブ大橋こと、大橋宗金だった。そして、宗金は葵の母方の祖父であり、一条寺学園の理事長でもあった。


江戸時代、乃村吹雪《のむらふぶき》という伝説の駒師が、その生涯で八組だけ造ったという幻の将棋駒。宗金は、そのうちのひと組四十枚のうち、地下鉄工事で出土した一枚を加え、すでに三十九枚を収集していたのだが、残る一枚、「玉将《ぎょくしょう》」を手に入れるためだけに、莫大な金額をつぎ込んでいるらしい。

遺跡の発掘というのは、建て前に過ぎなかった。

それにしても、たかが将棋駒一枚のために何億もの大金を注ぎ込むという金銭感覚は、異常としか言いようがない。

大体、そんなことで公共工事を遅らせてもいいのか？

金持ちは何をやっても許されるのか？

しかし、そのおかげで歩が仕事にありつけたのは事実だった。住む世界は違うが、将棋を愛するという点では、何か通じるものがあるのかもしれない。

今回だけは、とんでもない金持ちのわがままに目をつぶってやろう。

そう自分に言い聞かせるしかなかった。

しかも、アルバイト代とは別に、その「玉将」を実際に掘り当てた個人には、一〇〇万円の報奨金を出すとまで言われ、表立って異を唱える者はいなくなってしまった。

アルバイト代も破格だった。二月の中旬、求人誌『ワーキング』をめくっていた歩は、驚いて床に落とした赤ペンをあわてて拾い上げた。

「発掘補助。九～十六時。時給二四〇〇円。土日祝休み。資格不問。年齢不問」。

歩はすぐに携帯を取り出した。こんな好条件なら、一刻も早くエントリーしないと締め切られてしまうかもしれない。

「もしもし。発掘の仕事、ぜひ応募させていただきたいのですが、まだ募集してますか？」

「大丈夫です。お名前をフルネームでお願いします」

二、三の質問のあと、意外な言葉が歩を待っていた。

「詳しい説明と登録会を行いますので、二月二十二日十四時までに、印鑑持参で現場事務所までお越しください」

歩は最近になってようやく、なぜこの仕事が、こんなに好条件なのに面接もなしで、誰にでも門戸を開いているのかが分かってきた。

インディー・ジョーンズにでもなったつもりでやって来る人間は、二、三日もすれば来なくなった。

常に好条件で募集をし続けていないと、たちまち人がいなくなる。

この世の中で、楽して大金を稼げるような仕事なんて、そうはないものだ。もともと金持ちの家に生まれ育ち、先祖が作った金の山をクリック一つで、さらに大きな札束にしてしまえるような人間なんて、この世の中には、ほんのひと握りしか存在しない。

もちろん彼らは、自分の意志に関係なく、そういう家に生まれてしまったのだから仕方がない。そして、ホルモンやヤキトリの美味《うま》さを知らぬまま、一生を終えてしまうのだ。

世の中、平等なんてありえない。

佐渡はガリを動かし、歩はツルハシを振り下ろした。

佐渡は歩より一ヶ月ほど前から、この現場で働いていた。考古学と、この仕事が好きで、全国の発掘現場を渡り歩いているという同年代の男性だ。歩とはウマが合うのか、何かと気にかけてくれていた。

ガリというのは、草を刈るカマのようなものだ。遺跡を求めて、細かくガリガリと土を削り取る。ベテランの経験者か、体力のない女性か、はたまた年輩の人かがこれに当たる。

若者や新人の男は、ツルハシかスコップを持たされる。ハッキリ言って、やっていることは土木作業員である。ひたすら穴を掘る。そして、掘った土砂を、ネコと呼ばれる一輪車で運ぶ。近場にベルトコンベアーが通っていれば、そこまででいいが、通っていなければ工事現場用の足場板をいくつも渡って、はるか遠くの土砂の築山まで運ぶこともある。

そしてまた掘る。その繰り返しだ。

遺跡の発掘調査では、まず四隅に基準となる杭を立て、調査エリアを設定する。

次に調査エリアを覆《おお》っている堆積土《たいせきど》を、遺跡が確認できると思われる深さより、若干浅めのところまで除去する。パワーショベルなどの建設用重機を用いるのが普通である。

無限軌道走行の重機が何台も行き交うさまは、戦場の重戦車を思わせた。

エリア全体が、水のないプールのように大雑把に掘り下げられたあと、トレンチと呼ばれる試掘用の溝を掘るのだが、これはもともと塹壕《ざんごう》を意味し、危険防止のため、ヘルメット着用で穴を掘る様子はまさに、敵に備え、陣を構築している最前線。

まるで、第一次世界大戦時の西部戦線にタイムスリップしたように思えた。

トレンチは、一般住宅などの小規模な掘削工事の際に使用するミニショベルカー、またはツルハシやスコップを使い、人力で慎重に掘り下げる。

通常、一、二メートルくらいの任意の幅で、交差する二方向、もしくは平行に掘っていき、それによって遺跡の広がりの確認を行う。

遺跡の全体像がつかめたら、セクションベルトと呼ばれる畦《あぜ》を残し、土層の堆積状況を確認しつつ掘り進み、遺跡のある深さまで到達したら、さらに細心の注意を払いながら、片手用の移植ベラやガリ、ハケなどを使って、遺跡を次第にはっきりと浮かび上がらせていく。

遺跡にたどり着くまでに出土するさまざまな遺物については、そのつど、出土状況を写真で記録したり、水洗いし、採寸し、出土位置・寸法などのデータを記入したラベルを付け、透明のビニール袋に収納したりする。

整理、分類など、出土以後の作業も膨大だ。

今回は、その遺物の中に玉将の駒があることを信じたい。

残しておいたセクションベルトを外し、遺跡の全体が明らかになったら、床面を精査し、柱穴などを確認する。

最後に実測作業をし、平面図、断面図、場合によっては詳細図も作成する。

全ての作業終了後、やぐらを組んだり、バケット車を使ったりして、遺跡全体が分かるように、高所からの写真撮影を行う。

そして、掘り出した遺跡を埋め戻して、調査終了となる。

遺跡の規模にもよるが、これら一連の作業は長期戦だ。その間、風も吹けば雨も降る。

一日のうちでも降ったり止んだり忙しい。そのつど作業は中断する。防水のため、あるいは防犯のため、昼夜を問わず、何十回、何百回とブルーシートで覆《おお》ったり外したり。

天候に大きく左右され、しかも重労働。日給月給だから、雨が続くと、経済的には干上がってしまうという、笑えない現実に直面することも少なくない。

今頃になって、募集要項に納得している歩だった。

その日は朝から雨だった。天気予報の通り一日中、止みそうもない降り方だった。

返事は目に見えていたが、ルール通り、歩は現場事務所に電話を入れた。副所長の森山が出た。

「今日の作業は中止ね。明日はよろしく」

「了解しました」

給料には響くが、中途半端に途中から降られて早退させられるよりは、よほどスッキリする。


昼間、時間ができたので、向日葵倶楽部に顔を出すことに決めた。オープンまで時間があったので、マンガ喫茶に寄ることにした。インターネットで調べものがあった。

歩はパソコンに関して臆病だった。コンピューターウイルスとか、ゲーム中毒とか、マイナスイメージが強かったので、必要な時だけマンガ喫茶を利用していた。

物好きな金持ちが手に入れたがっているという、幻の将棋駒について調べてみようと思ったのだ。

フリードリンクのコーヒーとソフトクリームをプラスチックの盆に載せ、パソコンが使える禁煙席に入る。照明の暗いのが難点だが、歩はこの狭い空間が結構、気に入っている。ウインドウ内の狭い空間で作業をするのも好きだし、狭いとなぜか落ち着くという特異体質の持ち主なのかもしれない。

ネットサーフィンが始まった。


そもそも、将棋の歴史は古代インドまで遡《さかのぼ》る。西方に伝わったものがチェスに、東方に伝わったものが、中国を経て日本に伝わり、少しずつ現代の将棋へと変化していった。

江戸時代、徳川家の庇護《ひご》の下、将棋名人を独占した将棋三家があった。大橋家、大橋分家《ぶんけ》、伊藤家である。

一方、いつの世でもありえることだが、名門に生まれなかったばっかりに、実力がありながら表舞台に立つことを許されなかった者も存在した。有名なのが天野宗歩《そうほ》である。三十一歳で七段になったが、将棋家元出身でなかったため、それ以上の段位を認められなかった。しかし、その実力は十三段と言われる、不世出の天才棋士だった。四十四歳で没するが、その生涯は謎の部分が多いという。

同様に、将棋駒の世界にも、逸品を遺しながら時の権力者のお眼鏡《めがね》にかなわず、日の目を見ることのなかった、将棋駒を制作する専門職人、駒師が存在した。

その一人が「乃村吹雪」である。

将棋駒は高級になると、有名な書体の銘《めい》と、有名な駒師の銘がつけられ、「銘《めい》駒《こま》」と称される。こうなると将棋の道具というより芸術品である。

通常、駒師は、それぞれ好みの書体で、主にツゲの木で作った駒木地に文字を彫り、王将と玉将の駒の尻面に、書体名と作者名を記す。

代表的な書体として、錦旗《きんき》、水無瀬《みなせ》、巻菱湖《まきりょうこ》、源兵衛清安《げんべえきよやす》があり、四大書体と呼ばれている。

駒師で有名なのは豊島龍山《とよしまりゅうざん》、金井静山《かないせいざん》、木村文俊《きむらふみとし》、宮松影水《みやまつえいすい》といったところである。例えば、駒師・宮松影水が、錦旗という書体で駒を彫った場合、王将の駒尻に「錦旗書」、玉将の駒尻に「影水作」と記されるわけだ。

そして、駒師が彫った駒に、盛り上げ師と呼ばれる仕上げ職人が、漆の染料を用いて色を注《さ》し、駒に命を吹き込む。

乃村吹雪は、この分業を嫌い、彫りから盛り上げまで一人で行った。

しかも、有名書体は用いず、全てオリジナルの書体で彫ったので、「吹雪書」「吹雪作」という、特異な銘駒となった。

蒐集家にはたまらない逸品に違いない。


三月十一日午前九時。

発掘現場では、作業前、ラジオ体操と朝礼が行われる。それから副所長の森山が、その日の作業内容と注意事項を告げる。

次いで、森山に指名された作業員も、自分で考えた注意事項を発表することになっていた。歩はこれが苦手だった。当番制のトイレ掃除のほうが、まだマシだと思っていたくらいだった。


しまった。森山と目が合ってしまった。今日は厄日か？

「天野さん、お願いします」

嫌な予感は滅多に外れない。

「え〜。え〜」

「政治家にでもなんのか？」

すかさず野次が飛び、笑い声が起こった。しばしの沈黙を経て、歩がようやく口を開いた。

「先日の雨で、地盤が弛んでいると思われますので、足元に注意して作業しましょう」

「お〜」

「天野さん。珍しくいいこと、語ったねぇ。雹《ひょう》でも降ってくんじゃねぇの？」

歓声と、森山の、一言も二言も余計なコメントが、歩のテンションを持ち上げた。

そしてさらに驚きの出来事が待っていた。

珍しく大橋所長の訓示があった。

「今日は午後から、一条寺学園の考古学研究会の方々が、見学・実習のため、現場に来られます。皆さん、くれぐれも粗相《そそう》のないようお願いします」

要するに、スポンサーが経営するお嬢様学校の生徒さんたちが遊びに来るってわけだ。

ハッキリ言って、現場にとっては迷惑な話だった。

「昼礼するので全員集合」

昼休み後、自分の使うツルハシを手にして待っていると、濃いエンジ色のジャージの上下にクリーム色のエプロンを付け、ゴルフのキャディーのようなツバ広のキャップを被《かぶ》った女子学生の一団が、副所長の森山に連れられ、やって来て、歩たちと向かい合わせに整列した。

森山が紹介する。

「一条寺学園、考古学研究会の方々です」

「よろしくお願いします」

十人近くの若い女の子たちの声が響き、現場は一気に華やいだ。

右端の女の子が、さっきから歩をチラチラ見ている。ツバ広のキャップが邪魔して顔がよく見えなかったが、歩も気になって、よくよく見ると、あれは！

歩と右端の女の子が叫んだのは、ほぼ同時だった。

「葵さん」

「天野さん」


嬉しそうに駆け寄ってきた葵を見て、歩の隣に立っていた同僚の佐渡が固まってしまった。

「まさか、翌日ここでまたお会いできるなんて」

葵は言葉を弾ませた。

我に返った佐渡が、二人を見比べ、口を開いた。

「アマノッチ、じゃなくて天野さん。こちらのお嬢さんとは、どういったお知り合いなのでございますか？」

「佐渡さん。言葉おかしくなってますけど」

「またまた天野さん、ご冗談を。僕にもご紹介していただけませんですか？」

昨日は将棋の話だけで盛り上がり、危うく、葵の終電時刻を過ぎてしまうところだった。

彼女が考古学研究会にも所属していたなんて思いもしないし、まして昨日の今日でまた会えるなんて。歩が言葉に詰まっていると……。

「とても大切な、お友達です」

葵はそう言って、歩をじっと見つめた。

今度は歩が固まった。


「アマノッチも隅に置けないなぁ」

佐渡が耳元で囁き、もじもじしている歩に目くばせした。

「今日は代わってやるよ」

そう言うと歩に自分のガリを差し出した。

「佐渡さん……」

「早くツルハシよこせよ」

佐渡の思いやりに、歩は胸が熱くなった。

第三章
14：46

歩は佐渡が譲ってくれた右手のガリの先に、微《かす》かな当たりを感じた。

ガリを左手に持ち換え、軍手をした右手で慎重に土を擦《す》りはがしていくと、歩が夢にまで見た五角形の木片が姿を現した。

何も書いていない。

将棋の駒は、そのほとんどが、裏にも表にも何らかの文字が印されている。

表が「歩」なら裏は「と」、表が「飛車」なら裏は「龍王」といった具合である。

片面が表示なしの駒は、四十枚一セットの駒の中で、金将の四枚、王将の一枚、そして玉将の一枚の、計六枚だけだ。

かなりの確率で、お目当ての「玉将」と対面できるかもしれない。

「今日はツイてる。今日はツイてる」

おまじないのように、心の中で呟《つぶや》きながら、歩はそっと木片を裏返した。

いい予感は、滅多に当たらない。

姿を見せたのは、無常にも「王将」だった。

セレブ大橋が求めているのは「玉将」である。

歩は考え込んでしまった。


冷静に考えれば、熱心な蒐集家の宗金に、バレないはずはないと分かりそうなものだが、魔が差したとしか思えない。

天使に化けた悪魔が、歩の耳元で囁いた。

「正直者が報われる世の中ですか？」

「テン一コで一〇〇万円ですよ」

「セレブ大橋が、クリック一つで札束作るのと、どう違うんですか？」

「セレブ大橋にとって、一〇〇万円はハシタ金ですよ」


通常は、掘り残しを出さないようにするため、二、三人が平行に並んで、ゆっくり垂直方向に掘り進めていくのだが、たまたま狭いエリアを任されていた歩は幸か不幸か、一人だけ離れて作業をしていた。


歩は禁断の決断を下し、ポケットからそっと、黒のサインペンを取り出した。

三月十一日、十四時四十六分のことだった。

「あった〜」

そう叫んだ歩の瞳を、葵の冷たい視線が射抜いたのと、ほぼ同時のことだった。

ダークサイドに大きく傾いてしまった歩の心の指針を振り戻させようとするかのように、巨大な揺れが襲いかかってきた。


「きゃあああ」

黄色い悲鳴がこだまし、発掘現場は戦場と化した。

全員が、まるでこの時のために掘っていたかのような、塹壕ことトレンチの底に這いつくばった。

「ゴゴゴゴゴゴ」

地鳴りが永遠に続くかと思われた。


これはただの地震か？

それとも神の怒りか？

オレのせいなのか？


恐怖と罪悪感が、歩の心を支配した。

彼女に見られてしまったのだろうか？

葵の冷たい瞳が、歩の脳裏に焼き付いた。


何時間も経ったような気がした。ようやく大きな揺れが収まり、余震に怯《おび》えながらも、大橋所長の指示の下、見えない敵に向かい、立ち上がった。

女性陣は退去。男性陣はしばらく待機し、被害状況の把握と、明日以後の作業について検討することになった。


「お先します」

それだけ言って、葵は行ってしまった。

死傷者の出なかったのが不思議なほど、現場は無残だった。

トレンチのほとんどは崩れ、足場板は散乱し、ベルトコンベアーやミニショベルカーは横倒し。倒れていないのは重戦車こと、大型ショベルカーくらいのものだった。

簡易トイレも倒れ、プレハブの現場事務所兼、待機・食堂スペースは、倒壊は免れたものの、室内は手がつけられない状態だった。


「誰か、ワンセグっ」

歩が胸のポケットから携帯を取り出した。

どのチャンネルも緊急放送だった。

「大津波警報出てる」

「ついこの間の地震の時も大津波警報出たけど、実際来た波は五十センチちょっととかだったもんね」

佐渡が、わざとらしくのんびり応えた。

海の見えないこの辺りで、津波という言葉に、それほどのインパクトはなかった。

「港地区にあった石油タンクが流されたらしいぞ」

「まさか」

しばらく携帯の小さな画面にかじりついていた歩は、K百貨店のサブウインドウの、マネキン替えに行ってるはずの百合のことが気になりだした。

あそこは海が目の前だ。

「ちょっと行ってきます」

「アマノっち、行くってどこへ？」

「K百貨店」

「気持ちは分かるけど、今は動かないほうがよくないか？　大きな建物だし大丈夫だよ」

百合のことは佐渡には話してあった。

「携帯もつながらないし」

「この状況じゃあ、どこだってつながらないさ」

「すぐそこなんで、とにかく行ってきます」

歩は駆け出していた。

「気をつけろよ」

佐渡の言葉に、振り向く時間も惜しむように、さっと右手を挙げただけで、歩は先を急いだ。

車は使えない。

液状化って、こういうことなのか。テレビの画面でしか見たことのなかった、地下からあふれ出てきた砂に埋もれて身動きの取れなくなった車が点在していた。

しばらく進むと、前方に見覚えのある後ろ姿が見えてきた。Ｋ百貨店アルバイトの伊藤だった。

「伊藤君」

歩が叫ぶと、強張《こわば》った顔が振り向いた。

「天野さん、大変なことになりましたね」

「とにかく急ごう」

追いついた歩を振り返って見ていた伊藤の表情が、見る見る恐怖に覆《おお》われた。

「天野さん急いで」

そう言うが早いか、伊藤は九十度左に向きを変え、いきなり全力で走り始めた。

このまままっすぐ進めばＫ百貨店だというのに。

だが、いつものクールさをかなぐり捨て、なりふり構わず走り出した伊藤の、ただならぬ様子に気圧《けお》され、歩はとにかく伊藤を追って走った。

各社の境界を形成している白いフェンスを二ヶ所乗り越え、たどり着いたのは、どこか頼りない平屋の建物だった。

屋根の上には、すでに数人が上っていて、口々に何か叫んでいた。

「急げー。来るぞー」

この時、歩は初めて自分の置かれている状況を把握した。

道の反対側から、驚くほど静かに、無数の車輌がシャッフルされながら、黒い絨毯《じゅうたん》に載せられて運ばれてくるのが見えたのだ。

目と鼻の先に迫る光景は、現実離れしていた。時間が止まり、音がなくなった。スローモーションのような光景を前に立ちすくんだ。

「何やってるんですか」

伊藤に左手を強く引っ張られ、歩は我に返った。

「早く上れ」

屋根の上の新しい仲間たちが、歩と伊藤を招いてくれた。伸ばしてハシゴ状にした脚立を夢中で上り、動けない船に乗り組んだ。

乗組員は歩と伊藤を入れて十三名だった。

建物の形は長方形。南側の道路に面した長手が約五十メートル、西側の道路に面した短手が約二十メートルの平屋建てだった。

建物の南西の先端に「S産業」というサインが見えた。

東側には、二十メートル幅くらいの空き地を挟んで、五階建ての巨大な倉庫の裏面がそびえ立っていた。長さは一〇〇メートル近くもあった。

西側にも、道路を挟んで、二階建ての大きな倉庫が建ち、北側は大きな駐車場と、小さな二階建ての事務所棟といった感じの建物があった。

黒い絨毯は東から侵入し、地上のあらゆるものを吸収しながら、全ての建物を舐《な》めまわし、西の彼方まで黒い、巨大な沼に変えてしまった。

乗用車、大きな箱型トラック、無数のパレット、飲料水の自動販売機まで浮かんでいる。

駐車場に並べて停めてあった車たちは、折り重なり、無残なスクラップの山を築いていた。


南側の道路を進んできたのが第一波とすると、東側の巨大な倉庫を回り込み、第二波が北側にやってきたのは数分後だった。

逃げようと外に出たものの、水かさが増すのが速く、二階建ての事務所棟の玄関前で立ちすくむ若い女性が見えた。

数メートル先には、車を回そうとしたのか、軽乗用車の脇に立つ中年男性の姿があった。必死にドアを開けようとするが、水圧のためびくともしない。もっとも、たとえ乗車できたとしても、そのまま車ごと流されるだけだっただろう。

男性は諦めて女性のところへ戻ったが、さらに増した水圧のため、今度は建物のガラスの扉が開かなくなっていた。いつの間にか、二人は腰まで黒い水に浸っていた。

目の前にいながら、屋根の上の歩たちにはどうすることもできなかった。

「早く逃げろー」

無責任に叫ぶしか、できることはなかったのだ。いったいどこに逃げろというのだ。

小雪がちらついてきた。水はどれだけ冷たいことか。

徒《いたず》らに時間が過ぎ、いたたまれなくなった歩は、とうとう現実から目を背けた。ところが今度は西の方角に、電柱の上のほうで、必死にしがみついている男の姿が見えてしまった。

歩は目を覆《おお》いたくなった。できることなら耳も鼻も、肌さえも。

全ての感覚を排除して、この忌まわしい現実から逃れたいと願った。

日が落ちてきた。

恐る恐る、北側の事務所棟に視線を向けてみた。

いない。

玄関の周りに、あの二人の姿は見当たらなかった。力尽きてしまったのだろうか。

罪悪感に包まれそうになった時、建物の二階に、ぼんやり二つのシルエットが見えた。助かったんだ。心から安堵《あんど》した。

ところがこの時、歩は厳しい現実を再認識させられた。事務所棟、玄関回りの水位は明らかに上昇していた。

津波が正面から襲ってくる恐怖の次は、じわじわ下から迫ってくる恐怖だった。

やはり神は、罪にはそれなりの罰をお与えになるのだ。重い罪の場合、ひと思いに命を奪ったりはしない。

十分に反省させようとしているのだろう。

ごめんなさい。ほんの出来心なんです。

でも、こんなに多くの罪のない人たちまで巻き込むなんて。悪いのは私なんです。他の人は何も悪くないんです。もう勘弁してください。

まだ死にたくない。

上空にヘリコプターが飛来したのは、そんな時だった。

「おーい」

屋根の上で震えていた十三人は必死に手を振り続けた。そんな歩たちの姿を捉えたのか、見落としたのか、ヘリコプターは二、三回、上空を旋回しただけで、そのまま北の彼方へ飛び去っていった。

ヘリコプターは、その後も何度かやってきたが、そのたび、期待は裏切られた。

「報道のヘリか？」

「不幸な人を、不幸じゃない人に見せるのがあいつらの仕事なのか？」

怒りが恐怖を一時《いっとき》、忘れさせてくれる効果はあったかもしれない。

歩も反省を忘れて、怒りを共有していた。


「おっ、通じた」

震災直後から通じなくなった携帯電話で、最初につながったのはKを使っていた人たちだった。家族の無事が確認できたらしく、笑みがこぼれた。

次いで、Sが通信に成功。Nを使用していた歩はイライラが募っていた。

ワンセグで電池を使い過ぎていたため、待機電力を浪費しないよう電源は切っていた。時間を置くと、わずかだが電池が回復するので、時々電源を入れては通信を試みていた。だから、ただでさえチャンスが少なかった。

いつでも車で充電できるからと、安易にワンセグを見続けていたことを後悔した。

「火事だ」

誰かの叫びに緊張が走った。

東側に、赤い背景の巨大な黒いシルエットが浮かび上がっていた。五階建て倉庫の向こう側。

どうやら車輌火災らしい。流されてきた車同士がぶつかり合って、配線がショートでもしたのだろうか。

夜の闇に怪しく光る赤い影は、容赦なく、動けない船に乗る十三名の乗組員の心を追いつめた。隣の巨大な倉庫に燃え移ったら、この平屋の倉庫への延焼は、時間の問題だろう。

せめて百合と、家族の無事を確認したい。

一方、その百合は、サブウインドウのマネキン替えのため、K百貨店に来ていた。

突然の大きな揺れに、思わず目の前のマネキンに抱きついた。次いで、そのマネキンを床に寝かせ、自分は四つん這いになった。

ただならぬ揺れに、数日前、ニュージーランドの大地震で教会が倒壊したニュースの映像を思い出し、生きた心地がしなかった。

狭いウインドウの中で、一人耐えた。

こんなとき、あの濃霧の日のように、天野さんが現れてくれたら。

そう切に願い、ウインドウの床に這いつくばる百合だった。

永遠に続くかと思われた長い数分後、揺れが少し収まったので、急いで建物の外に出た。

何十人もの社員と客たちが、正面入り口前に集まっていた。

パニクって泣いている女性。食い入るようにワンセグで情報を得ようとする男性。母親にしがみついたまま言葉を失っている子供。

騒然とした中で突然、防災センターに詰めていた警備会社の若い社員が叫んだ。

「津波が来るぞ！　早く建物の中へ！」

建物の崩壊の恐怖を、目前に迫る津波の恐怖が、あっという間に呑み込んだ。

誰もが我先に、逃げ出してきたばかりの建物になだれ込んだ。

エレベーターもエスカレーターも止まっていたので、階段で上へ上へと急いだ。

百合はとにかく八階の装飾課へ向かったが、頭の中は歩のことでいっぱいだった。

歩の働く発掘現場は海のそばだった。周りは倉庫街で、高い建物はないだろう。

無事、避難できただろうか。

ああ、なぜもっと強く、発掘のバイトなんて止めるよう説得しなかったんだろう。いい歳してフリーターなんか止めて、小さくてもいいから、どこか正社員として働ける会社を探したほうがいいと本気で言ってあげるべきだった。

「モーちゃん」での一件以来、ろくに口も利いていなかった。


思えば天野さんは、白馬の騎士のように、濃霧の中から現れ、以来、どんなつらいときも、必ずそばにいてくれた。

ただじっと話を聞いてくれていただけだったけれど、それがどんなに心強く、そして癒されていたか。

ちょっと物足りなかったけれど、かけがえのない存在になっていたことをすっかり忘れてしまっていた。

このまま永遠のケンカ別れになってしまうなんて絶対イヤ！

お願い、無事でいて。

これからもずっとそばにいて。

祈る思いで、歩は携帯の電源を入れた。
「うちも実家も全員無事。安心して」
嫁ぎ先の妹からのメールを受信できた。
そしてすぐに次のメールが。
「私は無事。愛してる」
百合の必死の思いがメールに乗って、とうとう歩に届いたのだ。
百合からのメールが歩を奮い立たせた。
胸が熱くなった。こんなところで死ぬわけにはいかない。このままでは終われない。
止まりかけていた二人の未来への歯車が、力強く回り始めた。
幸い、車輛火災は自然鎮火したらしい。辺りは漆黒《しっこく》の闇《やみ》に包まれた。
火の恐怖からは解放されたが、水攻めの行方が気にかかる。だが、歩は余震に怯え、寒さに震えながら、屋根の上でじっとしているしかなかった。刻々と恐怖の時間が過ぎていく。

「パーッ」

突然、車のクラクションが闇に響いた。

しばらくすると、また別の方角からも。

「パーッ」

すると今度は、あちらこちらで車のライトが点灯し始めた。点滅を始めたハザードランプもあった。さっきの車輌火災のように、さ迷う車同士がぶつかり合い、心と配線がつながり合ったのかもしれない。

「水が引いてるぞー」

いち早く、南の道路側に移動して様子を見に行っていた若い社員が、歓喜の声を上げた。残りの乗組員も一斉に南側へ向かった。

ヘッドライトに照らされた水面は、明らかに下がっていた。最も水位が上がった時の痕跡が、建物の白い壁面に、くっきりと黒いラインを描いていた。

「もう少し水が引いたら下りてみよう」

「幸せのヘッドライト」が希望の光を運んできてくれた。

一時間ほど待ち、さらに水が引いたところで、流されないように屋根の上に引き上げていた脚立ばしごを慎重に下ろし、水位が下がったのをいち早く確認した、あの若手社員がゆっくりと下り始めた。

「気をつけろよ」

彼は全員の期待を背負っていた。

「いけますね」

頼もしい言葉が返ってきた。

彼は脚立ばしごを下り、左手で踏み板をつかみながら右手を伸ばし、慎重に大きな窓を開いた。そして右足からゆっくりと建物内部に消えていった。

しばらくして、彼が何やら青い箱を小脇に抱え、ハシゴを上ってきた。

「皆さん、よかったら食べてください」

いただきもののビスケットだという。

「美味い」

ビスケットがこんなに美味いと思ったことはなかった。

「中はぐちゃぐちゃで、床は水没してますが、机の上までは水がありませんから、下りても大丈夫だと思います」

再び水位が上がったら、などという心配はしたくなかった。何しろ、このまま上にいたら凍えてしまう。躊躇《ちゅうちょ》する者は一人もいなかった。

雲に隠れていた月が、顔を覗《のぞ》かせた。

わずかな月明かりを頼りに、窓から順番に室内に入った。スニーカーを履いたまま、スチールの事務机の上に降り立ち、居場所を確保した。

暗く狭い空間だったが、歩は妙な安心感に包まれた。

どの机の上にも物はなく、椅子、衝立《ついたて》など高さのあるものは、全て倒れていた。

別の若手社員が点在する机の上を、まるで源　義経《みなもとのよしつね》の八艘跳《はっそうと》びのようにひょいひょいと伝っていき、部屋の奥へ入っていった。

「ありましたよ。まさかこれが役立つ時がくるなんて思ってもみませんでしたよね」

それは二個の手動式ライトだった。ハンドルを回すと明かりが点く。小型だったが、歩たちに大きな希望をもたらしてくれた。

今まで、こんなにも明かりのありがたさを実感したことはなかった。

文字通り、暗闇の中の希望の光だった。勝手の分からない不安が和らぎ、心が温かくなった。

そして行動範囲が一気に広がった。歩と伊藤はじっとしているしかなかったが、若手社員を中心に二手に分かれ、物資の調達に動いてくれた。事務所の奥からは、ビスケット、煎餅などの食料が集められた。そして倉庫のほうからも嬉しい物資が運び込まれた。

お茶、ハンカチ、タオルなど。ここS産業は、冠婚葬祭の引き出物を扱う物流会社だったのだ。中でも役に立ったのはタオルだった。

さっそく全員に数枚ずつ、バスタオルが配られた。首にも体にも巻くと防寒に力を発揮。体だけでなく、気持ちも温まった。

さらに水が引き、商品の入出庫のための荷捌《にさば》きスペースが顔を出した。

S産業の社員たちは、流木や木製のパレットを回収し、解体して薪《まき》にし、コンクリートのプラットホームの一角で焚き火を始めた。ただ流木やパレットは海水で濡れているので燃えにくい。そこで薪の足しにしたのが、商品のタオルだった。

一気に燃えず、チロチロと火持ちがいい。意外にも最適な薪になった。

暖を求め、全員がタオルの焚き火を囲んだ。

「これって売り物ですよね」

ブランド物のタオルが惜し気もなく、次々とくべられるのを目の当たりにし、歩は申し訳なくて、思わずそう尋ねた。

「非常事態ですから」

「恐縮です」

遅ればせながら自己紹介をし、歩は一期一会をかみしめた。

誰かが泥の海から回収してきたペットボトルのお茶で乾杯した。

一晩中、焚いてくれたタオルの焚き火と、S産業の社員たちの温かい待遇のおかげで、歩は余震に怯え、一睡もできなかったわりには、元気に朝を迎えることができた。

だが、太陽が昇ると、改めて被害の大きさを思い知らされることになった。闇《やみ》というオブラートが外され、無残な光景が、一気に現実を突き付けた。

十三人の意見は割れていた。一つは、もう少しこの場で待機し、さらに水位が下がるのと救援を待つという意見。

もう一方は、昨日のヘリコプターの例もあるし、救援なんて当てにできない。これ以上待てないという意見。

歩も迷ったが、一刻も早く帰りたいという気持ちが勝った。

結局、全員で脱出することに決まった。

黒いビニール製の一番大きいゴミ袋を、靴の上から両足それぞれに巻きつけ、太もものところで、ガムテープでぐるぐる巻きにして留め、泥の海と化した南側の道路に踏み出した。

何度も泥に足を取られながらも、何とか道路を横切り、土手にたどり着いた。

土手の向こうの川は、かなりの増水で茶色く濁っていた。あちらこちらに車が座礁し、水に打たれていた。

しんがりを務めた若手社員が土手に着くのを待って、歩と伊藤は戦友たちに別れを告げた。

「本当にお世話になりました。改めてご挨拶に参ります」

「どうか気にしないでください。気をつけて」

歩は伊藤と、長い家路についた。

第四章

死刑の宣告

土手が三つ目の橋と交差したところで、歩は伊藤と別れた。

電気が止まっているため、電車はもちろん、バスなどの公共交通機関は全てストップしていた。あらゆる自動販売機も機能しなかったので、歩は家に着くまで延々六時間、飲まず食わずの遠足を強いられた。

やっとたどり着いたアパートは、あらゆる家具が倒れ、足の踏み場もないほど、無数の物が散乱していた。

とにかく横になれるスペースだけ確保し、歩は泥のように眠りに落ちた。

電気は震災二日後には復旧したが、水道・ガスはまだ見通しが立たないらしく、日常が戻るまでには、まだまだ時間がかかりそうだった。

当面の仕事がなくなってしまったので、とりあえず身を寄せた、町外れにある実家の両親の分も含め、水汲みと食料調達に明け暮れる歩だった。

流された車に代わって、それまでホコリを被っていた自転車が、一躍脚光を浴びることとなった。

町中《まちなか》では、完全に自転車が主役だった。ガソリンスタンドに並ぶ車の行列を尻目に、スイスイと風を切った。

水汲みの時は特に大活躍してくれた。

市内数ヶ所に設置された給水場は、どこもごった返していた。車は渋滞。給水車の周りは順番待ちの人々で、たちまち長い行列ができた。

最寄りの給水場と言っても、車を流失した歩には、かなり遠い場所だった。食料調達という重要なミッションも抱えていた。高齢の両親は動けない。

そんな時、近所のおばちゃんからの口コミで、貴重な情報を得ることができた。

「K小学校で、水汲めるってよ！」

K小学校なら自転車があれば楽勝だ。歩はポリタンクと、ありったけのペットボトルをカゴと荷台にくくりつけ、道を急いだ。

K小学校では、校庭と水飲み場を開放していた。かなりレアな情報だったらしく、ほとんど人は並んでいなかった。

十六リットル入りのポリタンク二個と、二リットル入りペットボトル八本を満タンにし、意気揚々と引き揚げた。

普段の近所付き合いの大切さを実感した。

徐々に公共交通機関が動きだすと、主役は人間に移った。ガソリンは緊急車輌優先なので、乗用車が大威張りできるのは、まだまだ先のことと思われた。毛糸の帽子を被り、マスクをして、リュックサックを背負う。これが主役たちの定番スタイルだった。これに水筒、携帯ラジオ、さらにヘルメット持参の人もそう珍しくはなかった。

人々は食料を求めてさ迷った。

行列を見つければ、歩はとにかく並んだ。おにぎり一個でもいい。調理不要でそのまま口にできる食べ物を求めて、一日中歩き回った。

飲食・食品店はもちろん、物販店でも、おにぎりの店頭販売をする店が現れた。震災直後は、おにぎり一個二〇〇円でも喜んで買ってきた。

戦争を知らない歩だったが、弾の飛んでこない、爆弾の降ってこない戦いを経て、戦後の闇市を巡っている。そんな感覚に陥った。

一瞬、歩は目を疑った。行列のないコンビニを見つけたのだ。通りに面した全面ガラスの窓には、内側から隙間なく新聞紙が貼られていて店内は見えなかった。防犯のためと知ったのは、あとからだった。

とにかく期待を胸に、歩は店内に入った。食料品の棚だけが見事に片付いていた。かろうじて残っていたのは、ガムとアイスとアルコール類のみ、のようだった。

でも歩はどうしても諦め切れず、店内をゆっくりともう一周してみた。すると、まさかの、おにぎりの山を発見した。十数個はあった。店内に数人いた他の客は気づいてないようだった。歩は素早く一人の店員に近づき、小声で尋ねた。

「あのう、あそこにあるおにぎりって、一人一個ですよね？」

「何個でもいいですよ」

「本当ですか？」

「大丈夫です」

「ありがとうございます」

客なのに、思わず店員にお礼を述べ、カゴに十個のおにぎりを入れ、レジに向かった。さすがに根こそぎ買い占めるのは気が引けたのだ。十個で一〇五〇円。

でもそれが、全て具材なしの塩むすびだと分かったのは帰宅してからだった。

震災から四日後、待ちに待った水道の復旧の日が訪れた。普段、滅多に電話をしない母親が、「水が出たよ」と、食料調達中だった歩の携帯に歓喜の声を伝えてきた。

実家には都市ガスが通っておらず、灯油で燃料をまかなっていたので、電気が復旧し、水さえ確保できれば、風呂も使うことができ、いつもと変わらぬ生活ができた。

普段はガスのない生活で、ちょっと不便だと思っていたが、災害時の強さは驚きだった。

水汲みという重要ミッションから解放された歩は、気になっていた職場の様子と、愛車の行方を確かめに行こうと思い立った。

あの状況で無事なはずがない。頭では分かっていても、この目で確認しなければ気が済まない。諦めがつかないと思った。

日勤先も夜勤先も隣町だったため、歩はアパートに戻るより、隣町で、車で過ごすことが多かった。車に住んでいたと言ってもおかしくないほどだった。そのため、車への愛着も、積んでいた荷物の量も半端じゃなかった。

衣料品、食料品、お気に入りのＣＤ、買ったばかりのスニーカー。現金だって数千円は入っていたはずだ。

命があっただけでもありがたいはずなのに、たったの四日で物欲に動かされるなんて、自分にうんざりする。歩は苦笑した。

だが、水と電気の供給を受けられるようになり、備蓄食料もだいぶ増えてくると、家でテレビを観る以外、やることがなくなっていた。しかも、どのチャンネルを回しても、思い出したくない映像と余震情報。そして執拗《しつよう》に流される、同じコマーシャル。

「こだまでしょうか」


数日後、朝早くアパートに戻った歩は、リュックにヘルメットとタオルとビスケットを詰め、駅へ向かった。

二十分ほど歩き、地下鉄N線の駅に着いた。北行きは途中駅までしか復旧していなかったが、幸い南行きは終点まで運行していた。普段、ほとんど車で移動していたので、地下鉄に乗るのは開業以来だった。南の終点で地上に出た。

「さあ行くぞ」

歩はスニーカーのひもを結び直した。

職場のあった港地区までは、終点から二十キロはある。昼までに着けるだろうか。

あんなに大きな揺れだったのに、意外にも倒壊している建物は皆無だった。壁面にヒビが入ったり、瓦が落ちたり、ガラスが割れたり、そんな程度の被害しか確認されなかった。

耐震に対する意識は、年々高まってきていたのかもしれない。

なのに、津波に対しては無頓着だったと言わざるをえない。

何年か前の、スマトラの大津波による惨劇を、ニュース映像としてしか見ていなかった人がどれだけ多かったことか。

なぜあれを、地球の警告と捉えることができなかったのか。

国道から田んぼ道に入ると、車の残骸、プラスチック製のパレット、ドラム缶、さまざまな家電製品などなど、活気のあった職場や家庭の名残が、いたるところに転がっていた。

三時間は歩いただろうか。数日前までは車であっという間に到達していた港地区への入り口交差点に、ようやくたどり着いた。

東京から応援に来てくれたのか、警視庁のパトカーが道端に停めてあり、交差点の真ん中に若い警察官が立ち、交通整理をしていた。

信号の復旧はまだ先なんだなと思いながら、先を急いだ。

京都府警のパトカーがゆっくりと歩を追い抜いていった。全国から応援が来ているんだと、胸がジーンとした。そういえば、さまざまな都道府県のプレートを付けた、消防車などの赤い車列がサイレンを鳴らしながらやって来る様子を、街のあちらこちらで見ることができた。

歩は久し振りに、日本を誇らしく思えた。

港地区へ出る大通りを挟んで、右側にも、左側にも、数十メートル間隔で巨大な瓦礫《がれき》の山が出来上がっていた。

どうやったらこんな高さまで積み上げられるんだろう。

異様さを通り越して不気味だった。瓦礫に見下ろされながら、発掘現場に向かうため、脇道に入った。

泥だらけの家具や畳が、山のように表に出されている住宅街に出た。

縁側で、珍しいものでも見るように、歩が進んでくるのを眺めている老婆の姿が目に入った。リュックなんか背負って、こんなところまで何しに来たの？　そう言われてるような気がした。

消防、警察、自衛隊、または報道陣。それ以外の人間が、こんな時に、こんなところに来るなんて。

歩自身、何をしに来たのか分からなくなりそうだった。

歩の命を救ってくれたS産業のある倉庫街に近づいてきた。

出発時、歩の頭上で輝いていた太陽は、倉庫街に入った頃にはすっかり姿を隠し、どんより厚い雲が上空を覆っていた。

人はおろか、猫一匹見当たらない。

乾いていた道路も、この辺りまで来ると、水溜まりも目立ち、泥の海へと変化してきた。

長靴履いてくるんだった。

注意しながら歩く余裕もなくなり、泥まみれになったスニーカーを引きずりながら、黙々と進んだ。

「何だ、これは」

液状化現象で隆起した道路と車の残骸、そして、おびただしい数のパレットの山が、完璧なバリケードとなって、歩の行く手を塞《ふさ》いでいた。

決して人間の侵入を許さない。

そんな大きな意志が感じられた。
不気味な静寂。
この街には色がない。
街が死んでいる。

歩はしばらくの間、その場に立ち尽くしていた。
諦めて戻ろうと、ぬかるみからスニーカーを引き抜き、体を横に向けた時だった。
見覚えのあるシルバーメタリックの車体が歩の目に飛び込んできた。
ウソだろ。

愛車が見つかった喜びではなかった。
まさかの光景だった。

四台の車が、まるで立体の「卍」のように複雑に絡み合い、完全なオブジェと化していた。

津波は、あらゆるものを奪っていってしまった。しかし一方で、こんな造形美を遺してくれたということだろうか。

「死刑（四桂）の宣告」

歩はあの詰将棋を思い出していた。

第五章

奇跡のディスプレイ

発掘現場は津波に流され、跡形もなくなった。幸い、大橋宗金のプライベート大型ヘリが救助に間に合い、人命は救われた。

宗金の、三十九枚まで揃っていた大事な駒たちは、展望風呂が自慢だったという別荘ごと流されてしまったため、仕事そのものが中止された。

歩が掘り当てた「王将」も、崩れたトレンチの中に埋もれてしまった。

葵は歩に短いメールを残し、両親の住むインドへ去ってしまった。

「ありがとうございました。お元気で」

歩の迷いを消してくれる、簡潔な、さよならだった。

Ｋ百貨店も大きな被害を受けたが、港地区の復興のシンボルにしたいという、町のバックアップもあり、震災から半年後のオープンへ向け、急ピッチで復旧工事が進められていた。

大事な復興オープンに向け、全館装飾、復興イベントなどを取り仕切る装飾課は大忙しだった。

山村課長を補佐することの多かったアルバイトの伊藤が、葵がインドに発ったのと同じ頃、突然辞めてしまい、全館装飾とイベントで手一杯になった山村は、正面入り口脇のメインステージのディスプレイを百合に託した。

そして山村に代わり、歩が百合をフォローすることになった。

震災前まで、歩は黒子に徹していた。余計な発言はせず、黙々と制作に励んだ。

頭を働かせる打ち合わせの場より、体を動かす現場が好きだった。そう言うと聞こえがいいが、意見をぶつけ合い、いい作品を創ろうとする肝心な仕事の本質から逃れ、自分の得意分野に逃げ込んでいただけだったのかもしれない。

たった一歳の違いだが、しっかり者の姉と、能天気な弟。

仕事でもプライベートでも、そんな関係がなんとなく続いてきた二人。

結婚を意識し始めていた百合が、歩にもの足りなさを感じ、将来に不安を抱いていたのも無理からぬことだった。


ところが、震災を機に、歩は一変した。

過酷な体験と、そんな中で百合から届いたメールが大きな転機となったのだ。

初めて本気で、仕事と百合に向き合った。

苦手だったミーティングにも、積極的に参加するようになった。

公私ともに、百合とのバトルは回避するのが歩のそれまでの基本方針だったが、こと仕事に関しては完全に方針転換を進めていた。

仕事に対する百合のひたむきさに大いに刺激を受けた。深く仕事に関わると、意見の衝突は避けられなかったが、歩はもう逃げなかった。

たまに「あゆみちゃん」と百合にからかわれていた歩は、正真正銘の「あゆむ」になった。

テーマは「再生」と決まったのだが、オープンの一ヶ月前になってもステージのデザインは固まっていなかった。

歩は打ち合わせの資料を片付けながら、百合を誘った。

「久々に飲もうよ。『モーちゃん』が再開したらしいよ」

「モーちゃんかぁ」

震災前、百合がブチ切れた店である。渋るのも無理はない。歩はさらに続けた。

「再開した店だよ。縁起がいいと思わない？」

「予約してた天野です」

「お待ちしてました」

「え〜、予約してくれてたんだ」

百合が目を丸くした。

「こんな段取りのいい天野さん、初めて見たって顔してるよ」

「最初から来るつもりだったんだ」

「まあね」

嬉しそうな百合の様子に満足しながら、奥の個室に向かった。


「生でいい?」

「ハイ。食べ物もお任せします」

百合に託された歩は備えつけのボタンを押し、店員がやってくるまでの、わずかな時間さえ、二人っきりの時間をかみしめていた。

「生二つ。コブチャンとシマチョウが二つずつ。ハチノスとセンマイが一つずつ。それからハラミが二つ。それにグリーンサラダと枝豆を各一でお願いします」

「かしこまりました。生ビール先でよろしいですか？」

「そうしてください」

店員が部屋を出ると、百合が満足げに言った。

「完璧ね」

「ありがとう」

「今日の天野さん、ううん、最近の天野さん別人みたいよ。何かが天から降りてきたって感じ」

「何が宿ったのかなぁ」

二人とも上機嫌だった。

「生ビール最高！」

「ホルモン最高！」

復興オープンへ向け、熱意が空回りしていたようで、いまだデザインが固まらず、焦りが募っていた二人だったが、久々の楽しいおしゃべりの時間が、入り過ぎていた肩の力をすっと抜いてくれたようだった。


店内に坂本九の『上を向いて歩こう』が流れた。

「これだっ」

思わず叫んだ歩に驚く百合。

「これがオレの求めていた答えだ」

歩は座り直し、おもむろに携帯を取り出すと、震災の数日後、「死の街」で撮った一枚の画像を百合に示した。

「タイトルは、『四桂《しけい》の宣告』」

百合は息をのんだ。

「死刑《しけい》の宣告」という、言葉のインパクトと四台の車が絡み合った衝撃的な画像は、かなりのショックだったようだ。

「何、泣いてるの？」

「だって酷《ひど》過ぎる」

「違うんだよ。これは希望の象徴なんだよ。よく見てごらん。四台の車が手を取り合って抱き合っているんだよ。この車なんか、すっかり立ち上がって、上を、天を見上げているんだ。ボロボロになってしまったけれど、生まれ変わって、未来を切り拓く希望になれると喜んでいるんだよ。ちなみに、この手前の、天を見上げているのがオレの愛車」

「大好きっ」

百合は泣き止んだと思ったら、急に歩に抱きついてきた。

「し、失礼しました」

締めの冷麺を運んできた気の毒な店員が、あわてて扉を閉めた。

冷麺を食べ、しばらくすると、タイミングよく、歩が待っていた、あの曲が店内に流れた。

新沼謙治の『嫁に来ないか』。

「百合さん。この曲、知ってる？」

「もちろん。……えっ？」

歩の差し出した小箱の意味を察した百合の目からは涙があふれ、歩もまた、歓喜の涙が止まらなかった。

九月十一日快晴。

K百貨店、正面玄関前には、開店数時間も前から長い行列ができていた。

町長も駆けつけ、オープニングセレモニーが華やかにとり行なわれた。

そして十時開店。


入店した客たちは、正面ステージの前で立ち止まり、その迫力に圧倒され、その場から動けなくなった。

四台の、傷だらけになった車同士が複雑に絡み合って立っている。

ボロボロになったその車体は、あまりにも痛々しいものだった。思わず目を背けたくもなる光景であった。

しかし、一見、屍《しかばね》を思わせる車たちの無言の力強さに気圧されながらも、強い意志を感じ始めると、胸の痛みは大きな感動へと昇華していった。


ステージ脇のキャプションには、こう記されていた。

『再　生』

津波は多くのものを奪っていった。
遺《のこ》されたものは屍の山。
否《いな》！
それだけではなかった。
ボロボロになりながらも崩れない固い絆。
見よ！
天を仰ぐ車たちは希望に満ちている。
生まれ変わって未来を切り拓けると信じてる。
津波は多くのものを奪っていった。
だが、驚異の造形美と、希望を残したのだ。
きっと立ち直れる。

ステージ上の車たちの勇姿を見つめる、何百という瞳が、明るく輝いた。
その様子を満足げに見つめながら、並んで立っている歩と百合の姿があった。
百合の左手の指輪が明るく輝いていた。
だが、歩は悩んでいた。
彼女のことを、いつから「百合」と呼ぼうか。

あとがき

タイトルの「１４４６」は、東日本大震災発生時刻の十四時四十六分を意味しています。

私はその東日本大震災で被災。津波にも遭遇し、仕事と同僚、そして愛車も失いましたが、その体験と失業が、この小説を書くきっかけになりました。

震災直後は、食料調達や水汲みで、必死に歩き回る数日間を過ごしました。徐々にライフラインが復旧し、生活は落ち着きを取り戻していきましたが、気力が萎《な》えてしまい、ハローワークに通勤しているだけのような、ぼんやりとした日々を過ごしていました。

しかし、震災からもうすぐ一年になろうかというある日、地元の河北新報に載った、ある記事に釘付けになりました。

「辰の松」人気昇り竜

地元、宮城県気仙沼市の景勝地・岩井崎で、津波にほとんどの枝をもがれながらも生き残った松の木が、その年の干支の「辰」の形に似て、今にも飛び立つような姿が「昇り竜」をイメージさせ、復興のシンボルとして脚光を浴びているという記事でした。

この記事に元気を貰い、勇気づけられ、私の愛読書（!?）「公募ガイド」で、日本新聞協会が募集していた「ＨＡＰＰＹ　ＮＥＷＳ　２０１１」に、その記事の内容を紹介したことで、私の執筆ライフが動きだしました。

それまでも「公募ガイド」に載っていた文章系の公募や、地元紙・河北新報への投稿等は続けていましたが、小説はあまりにも高いハードルだったので、いつか書いてみたいという程度の思いしか抱いていませんでした。

皮肉なことに、私の重い腰を上げさせてくれたのが、あの大震災だったようです。

しかし、初めて書いたこの作品を、公募ガイドのある賞に応募してみましたが、あえなくボツになりました。

「フェニックス大賞」という、他の賞でボツになった作品を応募できるという賞にも原稿を送りましたが、敗者復活はなりませんでした。

「そりゃそうだ」という気持ちと、「どの程度のレベルでボツだったの?」というもやもやした思いを抱えたまま、三年が過ぎました。

そんなある日、ふと目にしたフリーペーパーの記事。それが「フェニックス大賞」で私の作品をボツにした(笑)文芸社さんの、「出版出張相談会IN仙台」の告知でした。

三年前に書いた作品のことが頭に浮かびました。プロの講評を貰えるというのに魅かれて参加してみたのですが、まさかの高評価に大興奮。自費出版の話だったので、少なからずヨイショもあったのでしょうが、すっかりその気になった私は、自分の生きた証にしようとまで思い込み、出版の運びに。

自分の本を出したいという漠然とした夢がはっきりした形になり、今は満足感と達成感、そして充実感に浸っています。

震災の際、自社の屋根の上に避難させてくださった命の恩人、松和産業の皆様、「HAPPY NEWS 2011」で、文章を書く習慣を根付かせてくださった、日本新聞協会の皆様、私の作品を評価し、出版を熱心に勧めてくださった、文芸社出版企画部の渡部さん、私の数々のわがままに根気強く応えてくださった編集の吉澤さん等、出版に関わってくださった全ての方に感謝一杯の気持ちです。

そして何より、この本を手にとってくださったあなたに、お礼と感謝を申し上げ、あとがきとさせていただきます。

本当にありがとうございました。

平成二十八年一月

酒井　駒《ごま》

著者プロフィール

酒井 駒（さかい ごま）

1958年生まれ。

宮城県出身。

ディスプレイ会社に15年勤務した後、リストラで早期退職。その後、派遣、パート、アルバイト等、ダブルワーク、トリプルワークも含め、数十社で働いた経験を持ち。現在もダブルワーク中。

アーティストネーム「CLIO」で仙台のザ ホワイトギャラリーに所属。

本作品の表紙デザインは本人の案による。

1446

2016年3月15日　初版第1刷発行

著　者　酒井 駒
発行者　瓜谷 綱延
発行所　株式会社文芸社
〒160-0022　東京都新宿区新宿1－10－1
電話　03-5369-3060（編集）
03-5369-2299（販売）

印刷所　株式会社エーヴィスシステムズ

ISBN978-4-286-17047-3